CATALOGUE

DE

DESSINS ANCIENS

DES DIFFÉRENTES ÉCOLES

PEINTURES & AQUARELLES

Par VALLOU DE VILLENEUVE

ET D'UN TRÈS-BEAU

TAPIS D'ORATOIRE

dont la Vente aux Enchères Publiques aura lieu

RUE DROUOT, N° 5

SALLE N° 4

LE LUNDI 20 AVRIL 1868

A DEUX HEURES PRÉCISES

Par le ministère de **M° ÉMILE LECOCQ**, Commissaire-Priseur,
rue de la Victoire, 20,

Assisté de M. **Ch. ROUILLARD**, Expert, route de Versailles, 164,
à Billancourt (Seine),

Chez lesquels se distribue le présent Catalogue.

EXPOSITION PUBLIQUE

Le Dimanche 19 Avril 1868, de 2 heures à 5 heures.

PARIS

RENOU & MAULDE

IMPRIMEURS DE LA COMPAGNIE DES COMMISSAIRES-PRISEURS
Rue de Rivoli, 144.

1868

CATALOGUE

DE

DESSINS ANCIENS

DES DIFFÉRENTES ÉCOLES

PEINTURES & AQUARELLES

Par VALLOU DE VILLENEUVE

ET D'UN TRÈS-BEAU

TAPIS D'ORATOIRE

dont la Vente aux Enchères Publiques aura lieu

RUE DROUOT, N° 5

SALLE N° 4

LE LUNDI 20 AVRIL 1868

A DEUX HEURES PRÉCISES

Par le ministère de Me **ÉMILE LECOCQ**, Commissaire-Priseur,
rue de la Victoire, 20,

Assisté de M. **Ch. ROUILLARD**, Expert, route de Versailles, 164,
à Billancourt (Seine),

Chez lesquels se distribue le présent Catalogue.

EXPOSITION PUBLIQUE

Le Dimanche 19 Avril 1868, de 2 heures à 5 heures.

PARIS

RENOU & MAULDE

IMPRIMEURS DE LA COMPAGNIE DES COMMISSAIRES-PRISEURS

Rue de Rivoli, 144.

1868

CONDITIONS DE LA VENTE

Elle sera faite au comptant.

Les Acquéreurs paieront CINQ POUR CENT en sus du prix d'adjudication, applicables aux frais.

DÉSIGNATION

DES

DESSINS

ET

TABLEAUX

ALONZO CANO

1 — Un dessin. La Nativité. Au bistre rehaussé de blanc.

ALONZO CANO

2 — Unne Sainte et un Ange. Dessin à la sanguine.

ANDRIEUX

3 — Un dessin à la sanguine. La Missive.

BELLINI (J.)

4 — Un dessin à la sanguine. Saint Roch. Étude.

Collection Robert Udney.

BACKHUYSEN (L.)

5 — Un dessin, lavé d'encre de Chine. Barque montée par des pêcheurs. Dessin en fac-simile.

BRAUWER (ADRIEN)

6 — Un dessin au bistre. Étude de têtes de paysans.

Collection Lassale.

BARTHOLOMEO (FRA)

7 — Un dessin à la plume et sanguine. La Vierge, Jésus et saint Jean.

Collection Van Os.

BREUGHEL (dit DE VELOURS)

8 — Un dessin. Le Marchand de poissons. (Aquarelle.)

BONNINGTON (RICHARD PARKES)

9 — Un dessin à l'aquarelle. Une Famille.

BELLANGÉ (H.)

10 — Un dessin. Croquis à la mine de plomb.

BLONDEL

11 — Un dessin au crayon noir. Projet de tableau.

CARLO MARATTI

12 — Un dessin à la plume et sépia. Hérodiade.

Collection Lempereur.

CHARLET

13 — Un dessin à la mine de plomb. Étude d'homme, costume Louis XIII.

DELLA BELLE

14 — Un dessin plume et bistre. Un Eléphant et son Cornac.

Collections Dijouval et Woodburn.

DELLA BELLE

15 — Deux dessins à la plume et bistre. Marche d'une Caravane, et une Annonce aux bergers.

Collections Dijouval et Woodburn.

DAVID (Louis)

16 — Un dessin, croquis à la mine de plomb. Portrait de l'empereur Napoléon Ier.

DIÉTRICH (C.-G.)

17 — Tête d'homme coiffé d'une toque. Dessin au lavis rehaussé de blanc.

DEVÉRIA (Achille)

18 — Un dessin à la plume. Costumes du siècle de Louis XIV.

DARJOU (A.)

19 — Un dessin à la sépia. Souvenir de Crimée.

DELLA BELLE (Stephane)

20 — Un dessin à la plume. Enfance de Bacchus.

Collections Dijouval et Woodburn.

ELZHEIMER (Adam)

21 — Un dessin. Scène d'intérieur; au lavis et plume.

Collections Mariette, Thomas Lawrence, comte de Fries de Vienne, Woodburn de Londres.

ELZHEIMER (Adam)

22 — Moïse sauvé des eaux. Dessin à la plume lavé de bistre.

Collection Van Os. (Signé.)

GUERCHIN

23 — Un dessin à la plume. David ayant tué Goliath. Très-belle qualité du maitre.

GALLAIT (Louis)

24 — Un dessin à la plume. Famille de mendiants.

GOYA (y Luciento Francisco)

25 — Deux dessins : un à la sépia, représentant la Famille de Charles III, et l'autre à la sanguine, représentant le Fou du même roi.

GOYA (y Luciento Francisco)

26 — Quatre dessins au crayon noir. Satires de
l'époque. (Signés.)

HONDEKŒTER

27 — Deux dessins plume et sépia et lavis d'encre de
Chine. Oiseaux divers et Paysage.

Collection Van Os.

JULES ROMAIN

28 — Dessin à la plume, lavé de bistre. Têtes d'études.

JEAN D'UDINE (Narni)

29 — Le Christ au Jardin des Oliviers. Très-beau dessin
à la plume et au bistre. (Signé.)

Collection Galeozzi.

LUCAS DE LEYDE

30 — Le Christ en croix. Dessin à la plume.

L'ALBANE

31 — Un dessin à la plume, lavé d'encre de Chine.
Beau dessin du maître.

LE FATTORE (Francesco Perni)

32 — Dessin à la plume, lavé de bistre. Saint recevant
la palme du martyre.

LE BARROCHI (Fiori)

33 — Un dessin à la plume, lavé de bistre. Sainte
Cécile.

LAQUY

34 — Dessin à la plume et au bistre. Scène d'intérieur.
(Signé.)

LE GRÉCO

35 — Un dessin à la plume et au bistre. Saint Antoine
mourant est secouru par un ange gardien, et la sainte
Vierge lui apparaît dans une dernière vision, et chasse
les démons qui l'obsédaient.

L. LANO (Felyx di). le Napolitain

36 — Deux dessins à la plume et au bistre : l'un représentant le Buisson ardent, et l'autre la Mort d'Abel.

Collection Ulysse Philippe.

MICHEL-ANGE

37 — Un dessin à la plume et au bistre. Deux Figures
académiques d'une grande force d'exécution.

L. MOLINO

38 — Un dessin lavé de bistre. Saints Martyrs.

Collection Jean-Paul Zomero.

MAGANZA (École vénitienne)

39 — Un dessin à la plume et au bistre. Jésus au Jardin des Oliviers.

MOLYN (Pierre), le Vieux

40 — Un dessin à la plume et lavé d'encre de Chine. La Chasse au filet.

Collection W. Esdaile et Woodburn, et Thomas Lawrence.

MENGS (Raphael)

41 — Deux dessins. Une Vierge, Jésus enfant et saint Jean (Sépia), et un autre croquis à la mine de plomb.

MURILLO (Bartholomeo Esteban)

42 — Un dessin à la plume et lavé d'encre de Chine et sépia. Prédication de saint Étienne. Composition très-capitale, avec changement au premier projet.

MURILLO (Bartholomeo Esteban)

43 — Un dessin à la plume, lavé d'encre de Chine. Composition de trois figures.

MURILLO (Bartholomeo Esteban)

44 — Décollation d'un saint Martyr. Un dessin à la plume et bistre rehaussé de blanc. Dessin capital. Collection Van Os et Woodburn.

MURILLO (Bartholomeo Esteban)

45 — Un dessin aux trois crayons. Tête de Jésus enfant.
(Signé.)

MURILLO (Bartholomeo Esteban)

46 — Un dessin à la sanguine. Une Étude de femme et
de chien.

MURILLO (Bartholomeo Esteban)

47 — Un dessin à la pierre noire. Le Christ au Roseau.

NAVARETTE (El Mudo)

48 — Un dessin à la plume. Andromède.

OSTADE (Adrien Van)

49 — Un dessin au bistre sur papier teinté. Intérieur de
cabaret.

OSTADE (Adrien Van)

50 — Dessin à la plume et lavé d'encre de Chine. Un
Buveur assis tient sa pipe de la main droite; derrière
lui est une femme debout tenant un pot de bière.

OVERLAET

51 — Un dessin à la plume et sépia. Vieillard à barbe
tenant un verre à la main.

OVERLAET

52 — Un dessin à la plume et bistre, représentant Rembrandt et sa femme.

OVERLAET

53 — Dessin à la plume et au bistre. Le Marchand de lunettes.

P. OMMEGANCK

54 — Un dessin lavé d'encre de Chine. Étude de vache.

PAUL BRILL

55 — Un dessin à la plume et bistre. Paysage avec figures.

PERSI DEL VOGA

56 — Un dessin à la plume et bistre. Études de figures diverses.

REMBRANDT (Van Ryn)

57 — Un dessin à la sépia. Jésus devant Pilate.

Collection d'Aigremont.

REMBRANDT (Van Ryn)

58 — Un dessin à la plume et bistre. Composition de trois figures.

Collection W. Esdaile.

REMBRANDT (Van Ryn)

— Un dessin à la plume et sépia, représentant une
Fête antique.

REMBRANDT

60 — Un dessin plume et sépia. La Mère de Rembrandt
endormie.

Ce dessin a été vendu 800 fr. à la vente du baron
Leren, sous le n° 653 du Catalogue de sa vente.

RADEMAKER

61 — Un dessin. Paysage avec figures. Plume et sépia.

ROTTENHAMER

62 — L'Enlèvement des Sabines. Un dessin à la plume,
lavé et rehaussé de blanc.

ROOS (Philippe)

63 — Un dessin à la plume et lavé au bistre. Bergers
gardant leurs troupeaux.

ROQUEPLAN (Camille)

64 — Un dessin au crayon noir. Tête de paysan.

RIBALTA (Francesco)

65 — Un dessin à la plume rehaussé d'indigo, représentant un trait de la vie de Jésus-Christ.

ROBERT (Hubert)

66 — Un dessin à la sanguine. Son Portrait par lui-
même.

SCHOTEL (J.-C.)

67 — Un dessin à la mine de plomb. Marine.

SCHOTEL

68 — Un dessin à la mine de plomb. Marine.

SCHOTEL

69 — Deux dessins à la mine de plomb et à la sépia.
Marines.

SALVATOR ROSA

70 — Un dessin à la sépia. Deux Guerriers combattant.
Beau dessin.

> Collection Robert Udney.

TERBURG (G.)

71 — Un dessin au bistre. Jeune Femme à sa toilette.

> Collections Ploos, Van Amstel, baron Van Goło,
Dijouval et Woodburn.

TERBURG (G.)

72 — Un dessin à la plume et lavé d'encre de Chine.
Réunion de personnages jouant et faisant la conversa-
tion sous le péristyle d'un palais.

TENIERS (David), le fils

73 — Deux dessins à la plume. Fêtes de village. Composition capitale.

Collection Woodburn.

TENIERS (David), le fils

74 — Un dessin. Tentation de saint Antoine. A la pierre noire.

TITIEN

75 — Un dessin à la plume et au bistre. Paysage avec figures.

Collection Lempereur.

VAN DER WERF (Adrien)

76 — Un dessin au crayon noir. Adam et Ève dans le Paradis terrestre.

VISCHER (C.)

77 — Dessin à la mine de plomb. Tête de femme âgée.

VOLMAR (J.)

78 — Un dessin à l'aquarelle. Cerf pris par des chiens.

VAN GOYEN

79 — Un dessin à la pierre noire. Port de mer hollandais avec nombreuses figures. (Signé et daté.)

VAN GOYEN

80 — Même sujet. Pendant du précédent. (Signé et daté).

VÉLASQUEZ (Don Diego da Silva)

81 — Un dessin à la pierre noire. Le Concert champêtre.

´VÉLASQUEZ (Don Diego da Silva)

82 — Un dessin à la sanguine et à la pierre noire. Paysans chantant et faisant de la musique.

Collection Woodburn.

VALDÈS LEAL

83 — Étude peinte à l'huile, pour son fameux tableau de l'hôpital de la Charité, à Séville.

WATERLOO (Ant.)

84 — Paysage. Un dessin lavé de sépia et rehaussé de blanc.

WEENIX (J.)

85 — Un dessin à la sépia. Repos de Chasseurs.

WIT (J. de)

86 — Un dessin à la sépia, rehaussé de blanc. Jeux d'enfants.

WOUVERMANS (Philippe)

87 — Un dessin lavé d'encre de Chine. Une Halte de cavaliers à la porte d'une auberge. Beau dessin.

WAPPERS (Gustave)

88 — Un dessin à la mine de plomb. Napoléon Ier au bivouac.

WICHEMBERG

89 — Un dessin à la mine de plomb. Pêcheur au bord de l'eau.

WEIROTTER (François)

90 — Deux dessins. Paysages avec cours d'eau ornés de figures. (A la mine de plomb.)

ZURBARAN

91 — Vision d'un saint. Dessin à la plume et lavé de bistre.

PAR UN ARTISTE MODERNE

92 — Un dessin à la sanguine. Un Larron crucifié.

SOUS CE NUMÉRO

93 — Un Carton contenant environ *cent dessins* par et d'après des maîtres des Écoles française, flamande, hollandaise et italienne. (Sera divisé.)

ÉCOLE FRANÇAISE

94 — Portrait de Femme vêtue d'une robe de soie bleue et coiffée d'un bonnet garni de dentelles. Pastel.

GEMOLE

95 — Jeune Espagnole à cheval. Dessin à la mine de plomb et lavé d'encre de Chine.

HILAIR

96 — Jeune Femme et jeune Fille en costume arménien. Dessin au crayon noir et à la sanguine.

MONTICELLI

97 — Italiens se reposant dans une campagne des environs de Rome. Esquisse.

REINHARDT

98 — Portrait de M⁰ᵉ Caroline de Beauregard. Peinture à l'huile.

FRAGONARD

99 — La Sortie du bain. Peinture. Esquisse.

LÉON BAILLY

100 — La Tour du Vieux Luc (Calvados). Esquisse.

101 — Vue de Laugrume. Esquisse.

LÉON BAILLY

102 — Falaises de Luc-sur-Mer. Esquisse.

103 — Route de Saint-Genier (Rhône). Esquisse.

104 — Vue prise à Écully (Rhône). Esquisse.

VALLOU DE VILLENEUVE

105 — Jeune Fille appuyée sur un tertre.

DU MÊME

106 — Deux jeunes Filles montant au grenier d'une maison champêtre.

DU MÊME

107 — Jeune Fille au bord de la mer.

DU MÊME

108 — Jeune Femme puisant de l'eau à la rivière.

DU MÊME

109 — La Bonne Découverte. Aquarelle.

DU MÊME

110 — La Puce indiscrète. Aquarelle. Elle a été lithographiée.

VALLOU DE VILLENEUVE

111 — Le Modèle. Aquarelle.

DU MÊME

112 — L'Attente. Aquarelle. Cadre ovale.

DU MÊME

113 — Jeune Femme arabe. Aquarelle.

DU MÊME

114 — Jeunes Moissonneuses. Aquarelle.

DU MÊME

115 — La Souris maladroite. Dessin au crayon noir, rehaussé de lavis.

DU MÊME

116 — Jeune Arabe en burnous blanc. Aquarelle.

DU MÊME

117 — Femme naufragée. Aquarelle.

DU MÊME

118 — Les deux Amies. Aquarelle.

VALLOU DE VILLENEUVE

119 — Jeunes Filles dansant au son de la musette. Aquarelle.

DU MÊME

120 — Jeune Femme au bain. Aquarelle.

DU MÊME

121 — Jeune Musulmane coiffée d'un turban. Aquarelle.

DU MÊME

122 — Jeune Arabe à la fontaine. Aquarelle.

DU MÊME

123 — Jeune Femme. Dessin aux trois crayons, rehaussé de lavis.

DU MÊME

124 — Jeune Femme tenant une amphore. Dessin aux trois crayons sur papier teinté.

DU MÊME

125 — Jeune Femme captive. Dessin aux trois crayons rehaussé de lavis.

DU MÊME

126 — La jeune Veuve. Aquarelle.

VALLOU DE VILLENEUVE

127 — Femme proscrite avec son enfant. Aquarelle.

DU MÊME

128 — Femme arabe, le bras appuyé sur un rocher. Aquarelle.

DU MÊME

129 — Paysanne tenant une montre d'or. Dessin à la mine
de plomb rehaussé d'aquarelle.

DU MÊME

130 — Jeune Femme arabe puisant de l'eau à la fontaine.
Aquarelle.

DU MÊME

131 — La Lecture du Roman. Dessin rehaussé d'aqua
relle.

DU MÊME

132 — Les Odalisques. Dessin aux trois crayons.

DU MÊME

133 — La Blanchisseuse de village. Dessin à l'aquarelle.

DU MÊME

134 — L'Oiseau mort. Peinture à l'huile.

VALLOU DE VILLENEUVE

135 — Jeune Femme à la fontaine. Peinture à l'huile.

DU MÊME

136 — La Lecture. Peinture à l'huile.

DU MÊME

137 — Jeune Femme à la fontaine. Peinture à l'huile.

DU MÊME

138 — Jeune Femme assise. Peinture à l'huile.

DU MÊME

139 — Jeune Femme arabe tenant un bouquet à la main, accompagnée d'un enfant. Peinture à l'huile.

DU MÊME

140 — Sainte Thérèse. Peinture à l'huile.

DU MÊME

141 — Jeune Paysanne allant puiser de l'eau. Peinture à l'huile.

DU MÊME

142 — Perrette et le Pot au lait. Peinture à l'huile.

143 — Magnifique Tapis d'oratoire en casimir blanc, orné
d'un entourage de très-belles broderies à la main,
rehaussées de fleurs en relief représentant des dahlias,
et garni de franges multicolores avec glands à chaque
coin.

144 — Sous ce numéro, les Objets non catalogués.

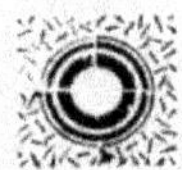

Renou et Maulde, Imprimeurs de la Compagnie des Commissaires-Priseurs,
rue de Rivoli, 144.   13526

RED. :

19

0 1 2 3 4 5 6 7 8 9 10

www.ingramcontent.com/pod-product-compliance
Lightning Source LLC
LaVergne TN
LVHW010452060726

842527LV00005B/1802